《中国首个文学之乡农人文苑诗集》编委会

主 任

马彦华

副主任

马利娅　张旭东

编 委

樊文举　李春燕　李　义　马世梅　马　睿　米玉瑛

主 编

张旭东

编 辑

金玉山　胥劲军　王敏茜　冯进珍

中国首个文学之乡农人文苑诗集

春秋草木

胥劲军 ———

著

黄河出版传媒集团
阳光出版社

图书在版编目（CIP）数据

春秋草木 / 胥劲军著. －－银川：阳光出版社，
2023.12
　（中国首个文学之乡农人文苑诗集）
　ISBN 978-7-5525-7143-1

　Ⅰ.①春… Ⅱ.①胥… Ⅲ.①诗集－中国－当代
Ⅳ.①I227

中国国家版本馆CIP数据核字(2023)第243305号

春秋草木

胥劲军　著

责任编辑　赵　倩　申　佳
封面设计　晨　皓
责任印制　岳建宁

黄河出版传媒集团
阳 光 出 版 社　出版发行

出 版 人　薛文斌
地　　址　宁夏银川市北京东路139号出版大厦（750001）
网　　址　http://www.ygchbs.com
网上书店　http://shop129132959.taobao.com
电子信箱　yangguangchubanshe@163.com
邮购电话　0951-5047283
经　　销　全国新华书店
印刷装订　宁夏凤鸣彩印广告有限公司
印刷委托书号　（宁）0027957

开　　本　880 mm×1230 mm　1/32
印　　张　6.75
字　　数　120千字
版　　次　2023年12月第1版
印　　次　2024年1月第1次印刷
书　　号　ISBN 978-7-5525-7143-1
定　　价　48.00元

文学之乡，用写作赞美岁月和大地

郭文斌

中国作协主席铁凝说："文学不仅是西吉这块土地上生长最好的庄稼，西吉也应该是中国文学最宝贵的一个粮仓。"铁凝主席讲的这个西吉，就是生我养我的故乡。它位于宁夏南部山区，曾经是"苦甲天下"的地方，近年来却以"文学之乡"闻名天下。

文学之于西吉人，就像五谷和土豆，不可或缺。

成百上千的泥腿子作家，白天在田里播种，晚上在灯下耕耘。

"耐得住寂寞，头顶纯净天空，就有诗句涌现在脑海；守得住清贫，脚踏厚重大地，就有情感激荡在心底。在这里，文学之花处处盛开，芬芳灿烂；在这里，文学是最好的庄稼。"2011年10月10日，中国首个"文学之乡"落户西吉。中国作家协会、中华文学基金会的授牌词这样赞美西吉。

2016年5月13日，中国作协"文学照亮生活"全民公益大讲堂在西吉启动。中国作协主席铁凝开讲第一课。课后，她去看望几位农民作家，当她听到他们以文字为嘉禾、视文学为生命的讲述后，我看到她的眼里含着泪水。

2021年12月22日，在中国首个"文学之乡"命名10周年系列活动中，西吉文学馆开馆，成为将台堡红军会师纪念碑之后，西吉最有吸引力的文化地标，也成为涵养西吉人文精神的一眼清泉。从中，人们看到西吉全县有1300余人长期从事文学创作，他们中有中国作协会员21人、宁夏作协会员70余人。西吉籍作家先后获得茅盾文学奖提名、鲁迅文学奖、全国少数民族文学创作骏马奖、"五个一工程"奖等国家级文学大奖6次，获得人民文学奖、冰心散文奖、春天文学奖等全国性文学大奖近40次，省市级文学奖项近50次。据不完全统计，目前西吉籍作家、诗人已有60余人出版了个人专著，100余人次作品选入全国性作品集。

2023年5月8日，中国作协党组书记、副主席、书记处书记张宏森率中国作协调研组来宁夏，到西吉看望农民作家，视察文学馆，同样对西吉文学给予高度评价，寄予殷切希望。

西吉之所以能够成为全国第一个"文学之乡"，之所以涌现出这么多作家诗人，缘于宁夏党委、政府和有关部门重视文学的大气候，缘于西吉县独特的文化土壤和传统，缘于前辈们的热心哺育和尽心培养，缘于写作者互相欣赏、互相激励、抱团取暖的文学风气，缘于《六盘山》《朔方》《黄河文学》等报刊的有力引导，更缘于历届县委、县政府和有关部门一以贯之的扶持。西吉县文联的办公条件、人员编制、办刊经费，在全国县级文联中都是少见的。西吉县的父母官们大多崇尚文学、热爱文艺、疼爱作家、关心诗人。他们多次参加文学活动，鼓励大家创作；多次到困难作家家中走访，帮助他们解决创作困难。

在中国首个"文学之乡"命名 10 周年系列活动中，县委主要领导在座谈会上对文学经典倒背如流，这对作家们的激励是可以想见的。特别值得一提的是，在这次活动中，县委、县政府除了给西吉籍成名作家授牌，还对全县在校高中生中的文学苗子给予表彰奖励，开河续流，击鼓传花，用心良苦。这次活动之后，县委、县政府出台了许多推动文艺繁荣的措施，比如文学古迹保护、文学作品集成等。让我爱不释手的《中国首个文学之乡农人文苑诗集》（五册）就是其中之一。

文学馆开馆之后，每年夏天，县上都要在"红军寨"举办"文学之乡"夏令营。县委分管领导每年都要作开营讲话，还让主办单位画了一张中国地图，把营员的省份标出来。我们欣喜地看到，除了港澳台和西藏，其余省份都有营员参加过夏令营。在2022年的夏令营开幕式上，当我把铁凝主席签赠给西吉文学馆的两部著作交给县上领导，讲述了中国作协对西吉文学的厚爱时，台下响起经久不息的掌声。

良种生沃土，幼苗逢甘霖。

培养成气候，激励成气象。

在此，单说农民作家和诗人。

之前，农民作家的合集《就恋这把土》读得我鼻子一阵阵发酸。最近，以农民诗人为重头戏的五卷本《中国首个文学之乡农人文苑诗集》（五册）更是让我泪湿衣襟。如饥似渴地读着24位农民诗人的作品，让我对生我养我的这片土地爱得更加深沉。我仿佛看到一株株从泥土中生长出来的庄稼，经历萌芽、初叶、开花、结果，那么清新、那么鲜活，从碧绿到熟黄，令人兴奋、令人欣喜。

四月的花儿自顾自开着／奔放的骨骼／舒展神性的美／／谁唱词惊艳／成为四月的绝版／花草生动，鸟声婉转／／牧羊人用自己的一生／放牧了无数个春天／四月，我一再地叩问自己／如果是一株草／就竖起自己骨骼／／如果是一朵花／就开出自己的色彩（王敏茜《四月物语》）

八月的土豆就是娘亲／你的子孙掏空了村庄／把炊烟挂上了树梢／追逐城里散漫的流光／只是在这个夜里／谁喊我的乳名（胥劲军《土豆熟了》）

镢头铲子征服了山坡／糜谷运转腹径／燕麦沟有水有地／打通了南里的姑舅姊妹／日子把日子垒起来（李成山《燕麦沟记忆》）

山村是庄稼汉的额头／经岁月的雨季流成小河／那多愁善感的皱纹／记载着他们的痛苦和欢乐／夕阳剪出弓形的背影／身后撒满被晚霞染

得金灿灿的土豆／红太阳，绿庄稼／给画家展示一幅迷人的画卷／给诗人展示一幅醉人的图案（王晓云《庄稼汉》）

这是诗行里的岁月和大地。

诗人笔下的岁月，岁月笔下的诗人，在这片名叫西吉的土地上，深情牵手了。

我感喟与你相遇／我知道／夏花没有秋的圆实／春天的一粒种子／荡起了旱塬上的涟漪／我用情、用心／培育你的神奇（冯进珍《土豆》）

一朵山菊花／开在山顶／享受太阳的爱抚／它微笑着向山下观望／／我久久地对视着它／喜欢它的纯洁／风霜中还是那么明亮（冯进珍《山菊花》）

笔下记载了沧桑／像长满了褶皱的娃娃脸／想用化妆品装饰／笔里却没了墨／／幸好我有辆轮椅／能追寻勃然的装饰品／安静地坐在大自然

里／涂擦风的温柔／浩瀚的山野似席梦思床头／躺卧，仰望无际的星海／天马行空地勾勒世间美好（马骏《笔墨与生活》）

乡愁是父亲跟在牛后的那把犁／母亲犁沟撒籽的那双手／／乡愁是母亲和风箱的弹奏曲／煤油灯下的千层鞋／／乡愁是门前的老井／屋后的老树／是山上的盘盘路／山下那条弯弯的小河／／无论我身处何方／乡愁永不褪色（单小花《乡愁》）

诗人笔下的风物，风物中的诗人，在这片名叫西吉的土地上，深情拥抱了。

这就是我可亲可敬的故乡上沉浸在耕读生活中的农民诗人。一手拿着锄头，一手握着钢笔；一面对着土地，一面对着稿纸；汗珠浇灌的土地上，生长出来的不只是绿油油的庄稼，还有沾着泥土、挂着露珠的诗行。他们扎根故土，坚守田园，以笔做犁，以诗为餐，吟诵生命，歌唱生活，不问功利，谢绝世俗，干净而纯粹地写作，把劳动变成审美，把岁月过出诗意。

是他们，让"文学之乡"有了新的含义，也让我对"生活"和"人民"有了新的思考。相对于需要专门"扎根人民、扎根生活"的专业作家来讲，他们本身就在生活里，从这个意义上讲，他们是幸运的。

他们的书写，也是对故乡最好的代言。从中，我欣喜地看到，我亲爱的故乡，那个"苦甲天下"的故乡，业已变成一块山青水绿、"吉祥如意"的"西部福地"，人们除了追求生活富裕，更追求精神富足。

他们不像20世纪五六十年代出生的西海固作家那样，普遍把苦难作为书写主题。他们讴歌祖国和人民，赞美岁月和大地，礼敬劳动和奉献，描绘幸福和诗意。

目 录
CONTENTS

桃红记

草木间

附录

耕犁行

二伯的庄稼地

那一声鞭的清脆
打碎了月光流转的飞白
甩落了一地繁星。吆喝声
钻进了山野空旷
悄悄地爬上了山梁

大地默默守望
这是谁的学堂
孩子们聆听演讲
脚步走过的地方
总能踩到胸腔里的心脏
掏心窝子拉着家常

耕犁翻滚的细浪
潮落潮涨
弄潮的舵手
紧握着导航

拥抱一生的季节
把岁月码垛
垛口

是烽火台的墙

一个季节的风霜
砸塌了曾经撑天的臂膀
那一寸一寸折了的脊梁
和大山一起仰躺

这分明是城郭守土的战将
风雨吹起的衣裳
把战袍裹进了疆场

一群失孤的庄稼
撕扯着寒风死死不放
他的那块地
眼泪把他埋葬

我的农事（组诗）

轮回

老牛扶车
摇滚着岁月。悠悠
漫过芳草地
碾碎了黎明的繁星
荡轻舟
淘一掬白云，晾晒

那一年一季
那个岁月
大地扯着蓝天说心事
风干了记忆，飘走

车辙把印痕抚摸
说着繁花落幕
草木荣枯
一行春天，一行秋天
播种完四季，轮回

听戏

清风把白云拉成了二胡的弦
油泼蒜蘸着秦腔
吃着干粮
旱烟锅点燃了麦浪
水袖把夏日的风甩了个踉跄

那一声惬意的干咳
咳上了山梁
时光叫嚷
鞭子驱赶太阳

耕犁翻过了那一垧
这段才调了个板
小过门紧催着庄稼上场
日子过了这顿忙
才有了
秋收冬藏

农事

翻开太阳

把日子掰碎

农事

找老皇历唠叨着二十四节气

没完没了地重复

寒来暑往

这一页翻过

一粒一籽落地

再下透雨一场

那茬地，秋后算账

收获，有了希望

罐罐茶

把岁月熬煮

鱼肚白泛起乡愁

隐隐淡淡地痛

和着琐碎的农事

曾说起浆水、酸菜那些家常

谁家的女人、娃和热炕头

呷一口

品着……

父亲的旱烟锅

烟火
点燃了岁月艰苦的跋涉
点燃了一粒种子
最饱满的希望

在寒夜冗长的走廊
在风雪遥远的归程
这熠熠的薪火
一点一点
烧透冰冷的恐慌
点燃漫道最亮的光芒

烟火
氤氲了一季最长的等待
在初夏懵懂的记忆里
是谁点燃了扬花的麦浪
最动听的吟唱

于是，在烟火朦胧中
你听，麦粒竞熟的争鸣
叫嚷着，一口一口吐纳

有了烟火

就有了庄稼和农事

就有了婆姨、娃娃和麦子的飘香

留守的心事

夜色，饮尽了半碗乡愁
风摇曳枝头的心酸
飘絮放飞
落花流水
行囊空空

方言按下指印
开始流转南门老旧的站台
车票长出了翅膀
拔一根羽毛带着钻心的痛

土豆盘活了一锅柴火
老人、娃娃就有了足够的底气
把守山门

吼一声秦腔

吼一声
山谷里就滚开了雷
崖面回响
鸟雀、山泉惊醒
吼一声
桃花纷飞
嫩草芽就顶破了天
春野红火
吼一声
鞭梢能打碎繁星
耕牛就踏破了晨光
这一天踏实
吼一声
土地就鼓起丹田
扯着四季
唱、念、做、打

这一声
油灯挤满了窑洞
这一声
放下了干粮

这一声
在赶趟的镰刀上
这一声
在打麦场的午后

吼一声
从指尖，发丝到每一寸筋骨
浑身舒坦
吼一声
放下罐罐茶
就能安放日月，安放收成
吼一板
就挺过十年九旱
就能挂念起五谷丰登。不慌不忙
拾起这一声
你就能砸一个坑

走山的脚板

我只想看看
你在春天落魄的姿势
左手攥着一把种子
右手扶犁
在挂满过往的愁云下
慢慢地抬起眼睛
等一场雨

煮一杯清茶
洗尽风尘。午后
把多余的话语卸下三分
走空是绝望的长情
笑也罢，哭也罢
挥挥手
举起肩膀，赶路

南山草

我耕读南山
我吟唱南山
南山的走向
顺着草芽生长

清明种豆
一牛一犁一山翁
轻风领着小草们
弯着腰一坡一坡地追我

篱笆墙拦不住三月
桃花儿那点心事
晨起，几卷闲书煮茶
白云纷纷，过客

春天依旧吝啬

当黎明挤进窗户
蚕蛹开始蝉蜕
光明抵达心窝
我无惧于漫长的等待
无惧于蹊跷的结局是一场预谋的邂逅
无惧于流动人口如何散布谣言

每天踏着朝歌前行
最留恋暖色的阳光钻出云层
不断敲击你的几条肋骨
忽左忽右
仍然谈论飞沫，空气和口罩
谈论长长的隔离带中的冠状植物

酒色和钱财，一样暗淡
空洞无物的注解，失去光泽
蒙面的世界发烧、干咳
没有几处景色能流淌些殷红的记忆
这个春天
依旧吝啬

堡子梁的春天

满坡的朝阳
我耕读三月，牛吟
明媚的日子不能下架
脚板与鞭梢的距离
弯成了一张弓
田园里
我最熟知每一粒种子
它们恪守诚信

春天任性
从不吝啬一丝温暖
从不过问地里的隐私
春天的山歌不壮
能拔起一寸草芽
能安放下一个世界
恭敬不如从命。走山
风尘仆仆

堡子梁地处南山
默默地，时常低调
只有在犁铧上，打盹

豌豆，胡麻等五谷
这茬和那茬，一茬又一茬
不要失眠
就盯紧这些农事和日子

有雪的日子

今年的雪花
开始凋零，没有一丝血气
从广场到南门
从深山归来的消息
每一步都裹足不前

留白能翻开你眼底最初的想象
也正如土地上多余的草皮和树木
根系繁茂，一头扎进了地底
有时能和盘托出阳光砥砺前行的步伐
一路向西

我守着前庄的老院。没有出门
摊开老历头度日如年
最爱听落雪的声音和封门的节奏
归去来兮
能把住寂寞喝酒，不醉

雪夜最美的声音
就是听雪儿咬着耳朵说话
听山外的爆竹辞旧迎新

听落魄的社戏没有观众

今夜，我要坐化

老死的春天

今天，我还是抬不起左手
用不上气力指责你
为了架起一粒种子的尸体
伤筋动骨
继续把农谚高高举起
焚起三炷馨香
拔起坟头的一棵嫩草
撕裂血肉之躯
撕裂开这个春天老死的魂魄
祭祀

山里头有个老村

从此，落下了三月的心事
等着桃花老了

清水河的租子
漫过了叫"高掌"的礁石

老房子，抖落遍身的鳞甲
把一口假牙捧在手里

村长的低保钻进了存折
花名册上是麻眼（瞎子）的名字

今年缺雨。坟头草老高
风水先生说，先发长房

社戏从五月五拉开大幕
头折子神戏，《香山寺还愿》

一群后生，自称游子
把浓黑的头发
涂成鸟毛，兽皮的颜色

城里的学校没有午餐
转学的，都悔不该当初

移民的车队来了，紧跟着乡长
游来一条长虫，从村头到村尾

今年，村里的天空很蓝，很蓝
白云无所事事，像是失业的农民
兜着征地来的钱，满世界闲逛

记忆中，这个村子是秃顶
没有一根白毛
一口老掉的牙
撑起了一块墓碑

关于故乡（组诗）

一

莲花开了
便看一眼，空
合掌

二

一钓夕阳，起身
满世界的鱼儿
笑了

三

也好，这样地走
山花红了
谁盯着眼睛

四

远山，铺张开来

睡醒
把梦捏碎了
我的天

五

一壶酒，独酌
层林尽染
花发
一根一根数着日子

六

悠然，天边的云彩
我说过
落叶，一样的沉重

七

炊烟，牵着乡道
三回头
扯得梦痛

八

从春天算起
每一粒种子上路
都扛着干粮
等雨

九

新月弯下了腰
提着灯盏
九月九的酒
醉了

十

我走了
丢下空山
你听，嚼一口乡音
放下，放下
……

乡村随笔（组诗）

一

我与孤灯齐名
把眼睛向下
翻看黑夜的故事
独白

二

二月、八月走了
老屋的骨节
连着一根筋
硬挺过三月

三

耍镰的把式
祖传手艺
从水碗里捞些光阴
磨刀石耐住性子
出刃

四

有社火的庄口
锣鼓敲碎了正月
说仪程的虎子
开始走红

五

堂戏
遮住了四月的眼睛
走台的小勇
带起一脚土
回朝

六

老人和狗
枕着太阳
等村长的花名册
摸底

七

村务群
搬出了大典
不许聊闲话
说正事

八

夏收
把一茬庄稼兜进了手机
走潮的，都是快手
听说
不食烟火

九

阳坡洼的草芽儿
终于狠下心来
等移民的消息
掌舵的说
就怕上了贼船

十

好风水
从来都不是捏造的
你看佛陀
没有心事
还是天天打坐

麦子熟了

麦子
结伴着炎阳
扶着夏日的长风
吃够了烧烤
一步一步踉跄

麦穗
早已耷拉的脑袋
沉思
曾经饥肠辘辘中
匍匐过岁月的垄沟
俘获悔青的成熟
从而，聊以自慰
果腹饱满

麦粒
拍着坚实的胸脯
招摇着夏野所有的自信
点数着沉甸甸
粒粒似金的诱惑
向着蠢蠢欲动的飞镰宣誓

惹笑了老农们全身的细胞……
这个季节
醉了，醉了

有些理由，也好

提着灯笼
寻找城里的灯火
今夜
一定落进了九霄云外的天河

也正如批评一群青草
就一夜之间
占领南北二山的不轨行径
也正如端着空杯、空碗
怀念土地和粮食
没有比饥饿更充足的理由
填饱躯壳
也正如满世界的罚单
追着空气和河流
替天行道

关于鸟巢的提案
把飞禽落到实处
那些小砖窑、小作坊
一笔勾销
这次

守湖的懒鱼，跑山的野兽
圈养的绿孔雀和黑山羊
都上了花名册

盘龙寺的头折子神戏，如故
放马的安老二去了远乡

三月占丰年

一夜东风渡
潮生过海空
莫听千里放鸣虫
飞燕筑檐新梦
烟柳吐飞鸿

三月凝诗绪
桃花渐渐红
下田犁雨播春风
一籽黄牛
一籽土中龙
一籽绽开心事
笑里话年丰

私房菜

专属领地
如果能撇开些养家的工钱
边走边看

三月，花事如潮
有一个桃花宴

四月八的堂戏
能把老庄子抬高三尺

从第一锅土豆开始
这日子就跑断了腿

三月

三月
走走停停
有一半的心思
开始等雨
有一半的心思
继续等人

三月
闲话最多
当铺的掌柜
低价盘算一堆生锈的犁铧
有些镰刀
本来就从来不问收割的事

三月
红尘滚滚
满世界的桃花
心事重重
有些人开始张罗贞节
挂到树上
有些人住进了酒店

等待开会的通知

三月
几个诗人下了扬州
来寻些烟花垫底
最流行的欢迎词，处处热情
一杯警示句，被人倒掉

羽化

三月，蠢蠢欲动
青虫和一尾青虫
开始上路
有些路段限速
光天化日之下
一群飞鸟修成了居士
不食人间烟火

香案上
几具白馒头惨白
也许，领了仙味的供品
本该如此
星期天
有道悬赏令
开始追逃
涉嫌面粉云云

广场上减肥的婆娘
把一首首劲曲踩得汗流浃背
从《高原红》到《三十六度八》
谁还说
粮食不服水土

时节

放牧一首山歌
听风听雨
听三月的桃花
咿呀学语

犁铧能挑起遍山的牙口
耕牛把碗大的蹄印，踩碎
炊烟才卸下满腹的干火
静等下一班返程的顺风

一板秦腔乱弹
能抬起七架埂子八架湾
捂住左心
我能听见澎湃的河流
今夜无眠

安顿好针线、茶饭
开始梳理些跑调的绝活
仔细看看
还有多少奈何

春天的琴行

我还能扶住那枚琴键
把流淌的音乐拾起
在某一根琴弦上
开始寻找昨日逃走的音符

月光是一杯流汁
调和些柳树的颜色或捉几尾鱼儿
动荡，葫芦河桥头的早市
当执意于某种选择，一百种食材
胃口很大

向阳的花木
每天笑脸相迎闲游的过客
招手，拥抱，亲吻
乐意把疲劳的长衫
挂在指尖，午休

变调

一束晨光，走进我的店门
爬上茶台摇醒一叶困倦的龙井
商量，下一程该去何方
沸腾的泉水开始谋划
三月最大的典礼

星期天或某个慵懒的上午
能捉上几尾放肆的小鱼
安置在烟火上
听我们讲山城最奇葩的故事

关注几粒种子，从昨日走失
听电台，报纸最新的讯息
今夜的每个站口
都是驿马飞快的蹄声
能踏破清茶和烈酒的乡音

河湾，能封住散乱的山风
把瘦柳的颜料泼散开来
描绘整个春天的蓬勃
陌上多余的歌吟，变调

清明（组诗）

一

草芽儿，惊醒
端起了冲锋枪

二

界碑，就隔着一捧眼泪
双膝插进了三尺厚土

三

这一天，听雨
心也能拧出一把水

四

雨纷纷，一粒粒尘埃扑倒
行人，能把肝肠掏出

五

一株香火点燃念想
你我就在两个世界，凝望

行走在三月

一朵白云
跌进了夕阳
匆匆的脚步中，落魄
我从他的软肋里
抽出最硬的反骨
半杯残酒的余温
点燃孤寒的冰层中
暖暖的灯盏

那一日，在风中听花
三月的桃圃，羞红
一桩桩痴情
春天高筑的城墙
倒塌时
笑声，烂漫一地

我的马蹄声，溅花
半壶酒
摇醉了酒囊
凡人从世俗的红尘中
偷一眼，色戒
超脱

诗语春天

春天
在雪野上蹒跚
远古的农谚
又把时节应验

走过了几千年
再屈指算算
捋一把四季，轻轻揉捻
一遍又一遍
扯出一段一段
关于种子的笑谈

春天
生命挣脱母体的胎盘
把一声声呐喊
蝉蜕出冬天冰冷的纠缠

歇歇缓缓
从热炕头卷起门帘
看呀看——
春风携起暖阳

走走站站
满世界蓬蓬勃勃
生命像鱼儿蹿出水面
撒着欢儿

生命

如果发芽
我想，哪里还有捷径
只能从孕育生命的卵巢
挺身而出

分娩的理由
关乎一炷香火
点亮后生狭长的甬道
铺满鲜花，欢歌

如果发芽
我想，最长的归程
不会超越你的脚印
捷足先登

前途的自信
依仗着阳光……

诗人的韵脚

春天和春天的第一缕阳光
肩并肩赶趟儿
走过寒冬残喘的广场
冰雪绷不住冷颜
已经笑声朗朗
杨柳风洗面
江河荡荡
春天的脉搏跳跃着
萌动初生的歌谣
一把希望
洒进犁沟饱满的新墒
不管丽日还是暖阳

融化的过往
谁能紧紧抓住风铃
摇荡，摇荡……
一点一点滴落在
春潮滚滚的前浪
阳洼岗
晒醒了懒洋洋
于是，冬天所有的畅想
一夜被流放

与一季收获

刀锋
是晚秋迟钝的山货
渐渐隐去
某一处草地
某一处田园
还有某一处散乱的思绪
都能迎刃而解

不必长叹
可不必负重前行
仍然躺着或继续卧着
听干咳的风声
塞进门缝
何处有绝世的怨言
说三道四

九月

我能扶上马鞍
踏碎草尖的露珠，追山
扯下一片白云
擦拭前额困顿的秋风

每一把飞镰袖手旁观
守着低头的糜谷，欲言又止
船歌掀翻了一网鱼肚白
炊烟总是挺不直腰身

蚂蚱捅开了热闹的集市
烧土豆流行于沟沟岔岔
出山的打算就在某日的清晨
和一群多舌的鸟雀结伴

稼穡苑

吉祥之地

我没有听见号子
从骨缝到耳膜
从山河开裂的走向
从葫芦河古老的谷地
我听见了漫漫的驼铃声
卷起十万里沙尘
一路向西

我没有听见刀戈争鸣
从肌肤到开山的掌声
从三关口到大石城的烽火
从穆柯寨摆开的十里龙门阵
我听见了滚滚铁骑
踏破塞北雪夜的马蹄
凯旋而归

我没有听见走山的老腔
从心尖到每一寸发丝
从一声清脆的鞭梢声
从黄土地鼓动的三寸丹田
我听见了大山厚实的脚板

每一步都能踩得出
底气十足

我听见了震湖正千帆竞发
弄潮儿气吞山河的豪情
踏浪扬帆
我听见了月亮山与天接齐
风车引擎万均神力
浩浩荡荡
我听见了将台堡红旗展展
战鼓催人奋进的号角
再起征程

震湖牧歌

夜色铺满长堤
鸭鹅归巢
看鱼儿睡去
开始打造船只
把长命百岁的树桩
伐进月色
板斧高高举起祭礼
破开年轮里迟钝的记忆
村史沧桑

山影巍峨
能捧起船底坚实的脊背
这一道水路
盛满三月流行的犁沟
甲板打上了一季印痕
能留住风头，驻足
桅杆树起
在灯塔上看水草出没

今夜，码头突兀
起锚时，桨板握着烟火

明天毫不犹豫

就开始放牧群鱼

震湖不是故旧的摇篮

不会搁浅网上快递的消息

在每一个清单上

爽快地签名

就恋这把土

从三月的某天
我们开始贯穿烟火
是扶着微微的细风
去追一坰流转的麦田
有些嫌疑的种子
徒步逃走

牛蹄窝窝能盛满一碗春风
喝不醉返乡的王五和六娃
扬起一把黄土。你看
天还是那么高，那么蓝
三道湾的阳坡洼扯开了二胡
豌豆苗埋伏了一地

前犍站着等一把利刃
后腿再向前迈一步
就上了抬盘
不是所有的油灯都能点亮黑夜
我的毛皮羞涩
遮不住满城的寒霜

话说火石寨（组诗）

云台山

香雾中
那一卷最长的经文
开始打盹
游学归来的禅师
还俗

远道的香客
依旧默默地发愿
化解我三千烦恼
十万心事
汇聚了某种命定的归程

大石城

中军帐，一夜灯火
瞭哨的再报，十万火急
番子的大营
扎进了石窝

城下
拴马桩列开封山的架势
城头上那根弦绷得太紧
这一夜，好长

弓弩，火炮
骁勇的白袍将
从后山杀出了一条血路
丹霞岩红透了

扫竹林

山雨
从四月初开始打量
最袭人的胡麻苗
顶着越来越浓的成色
晒太阳

一句农谚
撒一把种子
多个念想甚好
五月五收拾些艾草，挂干

有些老手艺，失传

这不怪耕犁的深浅
后土的一道祭文
呜呼哀哉

故乡新韵

看吧，那些毡房
就是我的太阳
清风开始放牧流云
羊群漫进了草香
我只想扶着风车
把月亮山仰躺

这天，葫芦河收拾行囊
远走他乡
旱烟锅吐一口烟火
把八百里的高天擦亮
河道站起来奔跑
朝着向东的方向

今夜，油灯通亮
你听，热炕头上
两位老人促膝拉着家常
点将台前，三军气势昂昂
万里长征凭脚量
号角吹响
红旗展展飘扬

日子，走进深秋

我一手擎住飞霜
一手安抚落叶
舔一口火
捋直炊烟

罐罐茶里煮些三月的桃红
慢慢沏出多余的心事
细细品味

秋天的乡俗流行散漫
走着走着不见了
赶集的路上到处是打诨的俚语
糜子和谷子相视一笑，钻进了口袋

满世界打坐空山
鸟的翅膀飞过来
土豆从丹炉里跳出来
挂一身金甲，杀生

一行行脚印从尘土里解脱
在天外，游子

三千白发牵着夕阳

一步一步，归宿

说起原州

我想，古雁岭走丢了
大明城咋办？
靖朔门是大将军头盔上
血染的红缨子

三关口的马队
向着萧关的一把火
八百里加急
听说，有人反了

扎下了营盘，生了根
从头营到八营
就像老令公的八个儿
把塞北的天撑了个湛蓝

一串串驼铃
缠住了六盘山
收拾起最远的思路，西行

须弥山的石窟
躲进了大佛的法眼

打坐在云台山，参悟

这一天，一枚舍利子
跳下了法坛
从此，逍遥人间

六盘山上

从这个海拔
2942 米的高度
看，天高云淡
独这边风景不一般

你看，萧关的烽火狼烟
悄悄把历史的记忆一寸一寸点燃
长风兮，刀戈鸣，铁马吟
是谁守着垛口把这老城墙
一眼望穿……

看见了
火石寨燃烧的石岩
染红了云台山半边的天
北国丹霞裸露出地质华年的丰满
啜饮着阵阵松涛
抚摸着遍山的丁香花
笑靥灿烂

看见了，看见了
震湖那一湾清澈如初的遇见

缓缓招摇着碧波，绽放笑脸
鸭鹅嬉戏，跳鱼竞欢
垂翁抡起一杆的悠闲
和着对岸牛背上的柳叶笛
把这山水玩转

你听，泾河老龙潭的闲传
总扯一把过去的片段
唐王，魏徵，梦斩龙
柳毅传书一线牵着凡人和天仙
济公寻着泾渭分明的源远
跳进圣水，问禅

听见了
须弥山的晨钟暮鼓在香雾中缠绵
三月的桃花正扬起红尘
佛陀在闭目千年中淡看风物
长跪佛前五百年的那朵小莲
一尘不染

听见了，听见了
三关口壮士力拔五岳的呐喊
穆柯寨女英雄吓破了敌胆
大明城八百里加急已遁化云烟

丝路上拾起一串串驼铃
在漫漫飞尘中摇荡着岁月悠远
追一程山水迢递
撵一路风雨落花

或听或看，一点一点
或在记忆之间
就在固原，六盘山
等你，等你一万年

宁夏川行吟（组诗）

头茬枸杞

五月，蹲在码头
等船
云帆能扯起三丈长的缆绳
冲浪
有些物候
静静地安眠
炊烟，不思茶饭
于是，午后看风景
眼睛红了

贺兰石

一驾铁骑
踩着马背上的满月
从黎明出发
听弦外之音
岩画，捧一卷战书
侧耳沉思
苏峪口的牙齿

069

掉进肚子里

挽起夜色，匆匆

黄河古渡

一碗高粱酒

吞一颗天胆

赶潮的号子

脱光了满天的星斗

走河的脚板

风风火火

犁耙把半晌的光景

一趟一趟耕翻

青草和鱼群

牵着歌儿，听潮

柔波里失陷的皱纹

惹老了满河的灯盏

葡萄酒

扶着贺兰山

看天外的天

听黄河鼾声如雷

满枝头的眼睛
寻打更的梆子
一抔流沙
踩痛了一行脚印

镇北堡

今年流行闲言碎语
红高粱满脸彤红
笑春风依旧
牧羊鞭能了却心事
打落一地谣言，下酒
龙门客栈的女老板，改行
九儿出嫁了

秋怀

今晨，我还能扶着秋风上墙
就在墙外，我击杖而行
我要寻找流浪的粮食
和那一群咿呀待哺的孩子

三月的庄园收拾起了行装
把炊烟挂满树梢
每一个脚步匆匆逃离
鸡鸣犬吠钻进了深山
小河流干了疲倦

耕犁放倒，便成了神台供品
再放下八月的社戏
三炷长香燃过午夜
这个时辰就到了天明

土豆熟了

这把骨头松散
勒紧裤带
我还能撑起前额
打量月亮山隆起的峰骨
扶着葫芦河的潮头走失

八月的土豆就是娘亲
你的子孙掏空了村庄
把炊烟挂上了树梢
追逐城里散漫的流光
只是在这个夜里
谁喊我的乳名

秋声

一树蝉鸣
从山外跌落
光阴拥挤过来
抬高了十八层楼宇
云彩成了过客

气沉丹田
还有几处语言，沉默
如果能扬起鞭放牧群楼
九月，我果腹而行

今天，在草丛间
还能否抓一群秋声，放生

在冬日的暖阳里

从寒冰拥挤的夹缝中
踩着冬日厚厚的睡意
听雪儿互相咬牙

寒风总能赶着一群闲人
满街地乱转
干枯的柳枝
在秋月的最后一个早晨
收拾起所有的牵挂
躲进冬天的假日

一遍又一遍
算计着古老的农谚
催促着春天
说农事

在雪海茫茫
冰砌的古城堡中
翻开冬天所有的语言
温暖是最抢眼的词汇

读懂了冬天
才明白春天就攥在它的手心里
暖阳总是紧紧地盯着
视野里最广阔的冬眠
静听它身下草生草长
挤破土皮的欢笑声
喧嚷成了热闹的集市

今冬聊雪

今冬
一场雪紧跟着一场雪
之后，相拥着
再挤，和我案上的那叠宣纸
一个劫数

其实，除了小花伞
那一张张笑脸
能撑起所有雪花
落地的重量
慢慢独白

西北人的乐趣
休闲和调侃
都躲进火炉膛里
酽煮着罐罐茶
开始聊雪

冬天，最重的胎记
烙进北方的大地
这样的记忆
总在太阳之外……

年味

鼓点撕开天幕
从云层滚落
大山与大山对视
听胸膛激荡
撑起黄土地厚实的肩膀
挑一担惊雷，追潮

正月正，最火的集市
紧盯着满世界的红灯笼
追着社火赶场
有些日子太长
有些时光健忘
华年，依旧春风

罐罐茶
把长冬熬煮成一碗美谈
再添一撮笑语，佐料
说来年的庄农
都是硬茬

夜思

昨晚的呼吸没有几处停顿
渐渐涂匀了混沌的夜色
落款是水墨的章法
开始渲染单调的格式

空洞难耐寂寞
主题残缺
我寻觅飞禽走兽逃亡的消息
打问归隐的山林远走他乡

从源头望眼
云路茫茫
等春暖花开
山河无恙

老石磨

老石磨的牙板
倒了后槽
从此，挂不住细食
三十年前
能把铁石粉碎

二爷的眼里有水
从青石峡的沟口
捡了一块毛料
剥掉石皮
掏出一颗石胆

一百二十天，五斤麻油
慢工出细活
上下两盘
把阴阳天地分清
凿开天眼，地仓

家业，铁打的江山
有了媳妇就有了香火
有些念头，原始
子孙们决然要把磨盘请进城

葫芦河的下游

三天前的风声，走漏
葫芦河涨潮了
有一群鱼儿神游
放牧的归来
一赶早，下网

石砌的对岸
就是不长毛的山头
四月八的黑霜，去了又来
有个风水先生说
这是大神的坐案
等杨家川开坛的堂戏

高地，自然而生
传言修成了正果
闲话从渔网里溜出
四季，也无关风雨
那一群野鸭快乐地生活
产卵，哺仔

走口外

五爷的坐骑
到过凉州城

那夜，风疾月冷
上口外的马队，走散

听河道的沙砾，干脆地鸣响
天山雪水养成的品相，不可一世

城外的流沙一夜向东
孤独的灯火蜷缩在马背

这都是正经的关口
赌一把命，何妨

刀客，茶贩子，镖局的五爷
该来的都来了

客栈、酒坊也忙碌起来
赶车的把式凑了些碎银

出了河西，就能撑开西域的天
走口外

生活及其他

夜雨寄北
能安放一些心事
去远游,去面壁十年

书卷里,有些文字
如茶似酒
有些杯盘碗盏,都是吃喝
红颜远遁,胭脂粉如火如荼

五花马提起精神
日行千里,夜行八百
你的尘嚣能放荡青山
来去自由

修行
能在烟火中行走
能在老城的北门外等人
打坐和闲聊
都是一回事

玄武门货栈

前线的马队卧槽
蜘蛛开始结网
雀燕营巢
三十里铺的老歌
被人赊欠

高声谈论底价
饲料随行就市
皮草和南洋镜片
瓦当、铜器如旧
有些膏药也上了抬盘
半筐子骨头甚白

鹦鹉调侃方言
偶尔提及农事
胡麻关注油价
土豆再探沿海的行情
二道贩子紧盯着前年的毛坯
想撇一碗油水

字词句段篇

有些字眼
能收纳深海区的浮躁
一片鳞甲或一个抛锚
风向改变不了前天的导航

这个词语是富有的王侯
他的爱妾曾海誓山盟
拿来十里春风换了满盏清酒
不醉，不醉

省略句有个嗜好
从来不吃骨头，吃了不吐骨头
冠带，袍袖，朝靴
还有一掌城池，就在我的怀里

偶尔谈起些段落
都是扶贫的车马送来的公粮
谁的辖区少了一针一线
对，我手头有一沓报表

有些说辞，就是闲置的篇章

这无关评语的丰厚肥瘦
从来不能把向阳的花木，窖藏
流利的经络能打通关节

假如，我在深海放牧

从明天起
我用我的日历
点数一片一片的鳞甲
去放牧我快乐的鱼儿

在深海，如同城市的灯盏
到处波光点点。谁死死地盯着谁
撸起袖子在浪尖上跳舞
或者软软的沙子和几枚鹅卵石
从夜市回来，吃醉了酒

一叶小舟的导航
在新市区开始抛锚
拆迁的公告贴满了渔网
我用我的骨头
敲打一群失地的鱼儿
游过来，游过来……
吐口水，淹死开发商
看吧，那些长毛的圈地
都是老子的江山
被涂上了海洋的颜色，等航拍

清晨，艄公的号子醒了
昨晚的鱼儿挤破了网
逃跑的逃跑
扬起鞭子，赶上潮头
追我的鱼儿，放牧

一个城市的思考（组诗）

一

城市匍匐在黑夜中
牵着立交桥。散步
路灯紧盯着街心
把汹涌澎湃的车流
放逐成一地的眼睛

在最辽阔的视野
高楼思索着城市
挺拔的骨骼
在进化中茹毛饮血
从原始走向文明
跨出那一大步的自豪

二

盘古的斧子和现代神器
暴露在城市开阔的胸膛
品鉴锋芒
石斧能开天地，分阴阳

神器压了青苗，还能毁村庄
城市的前世一片荒凉
是种子生出的果实
是根系发芽的大树
是迁移的部落
是漂流的外物
……
自从城市走进了阳光
车水马龙淹死了许多城墙

三

巨人仰躺
日月，江河，森林，山岳
眼睛，血液，毛发，骨骼
生命从蛋壳中分娩
披着野风在旷古游荡
有巢氏架木为梁
那个茅草房
一路成长

无关风月，无关苍茫
无关人类最后的疯狂
城市的海岸线

把港口的泊船拉长
撑起拐杖，远航

诗卷上的萤火虫（组诗）

一

神女
撒了一把天火
烧开了城堡中困死的海水
拂袖拭去尘封
于是
睁开眼
醉在诗中

二

云水禅心
说诗的
昨夜
睡进了尘嚣
落叶拍打着流水
一念安然

三

诗笺

不见了

把寒冬一页一页翻过

挨到春天

在夹缝里发现

它抱着种子

冬眠

四

海风吹醒了

渔村的灯火

诗卷上的萤火虫

爬上了浪花

这个世纪

谁说

小乔出嫁了

蒙古包

飘扬的马旗

从脊背上生长

扎根在澎湃的血液中

撑起呼伦贝尔的蓝天

听雄鹰吆喝着风车

转走白云轻轻的脚步

紧紧抓住马鞭清脆的响声

哼着小曲

蒙古包

马奶子酒蘸满

强弓劲弩长长的落音

在朔风中磨砺出

惊鸿一瞥

木辕车躺卧在夕阳中

今秋的第一场雪

第一场雪
搭上了深秋最末的专列
你挥一挥手
这个世界
在后视窗
飞过所有的思绪
我不敢说：再见

第一场雪
提起美丽的婚纱最长的裙袂
你嫣然一笑
从头纱曼妙的丝网中
挤出初恋
所有的热吻
我无缘无故地去了

第一场雪
顺着无边天际的辽阔幕帐，滑落
你撒手云天
拉开一帘相隔的思念
隔着远秋的心事

看透月亮或星星

邂逅

有一半是乡愁

瓦片是熟识的信物
打问远遁的风铃
落叶信马由缰
雪花亦然滚烫

高大的厅堂
来去自由
吆喝锦衣玉食
某些人也偶然提起稼穑

碎片是编织的好料
毛绳、泥土和乡党
能盘活五月的社戏
谁也没有多想

桃红记

说起桃花（组诗）

桃花宴

桃花的满月
就是在桃花宴上
把春风撞了个满怀
于是，剪胎毛的剪子钝了
桃花跑了一地

韶华和青葱

桃花的辫子
从长发及细腰
如果云手撩起衣袂
把台步走光
这个世界所有的魂
都乱了起来

绿叶

星星提着月亮
走夜路

满世界的花儿跳上绿叶
笑风尘中匆匆的过客
纷纷摆渡

花事

三月的花事甚妙
清水河从新娘的额头流海
满山满洼的花潮
泛滥
春风成了无事的闲人

落英

四月的天，杀人
桃花谢顶了
佝偻，骨头老得掉牙
说着、说着，纷纷落泪
看破了红尘
葬花

你去了

你去了
谁还能放开这八百里的长缰
一路向北
谁还能捧住这一粒粒飞尘落下
此刻，又该如何安放
谁还能长饮一壶浊酒
不醉不归
谁还能端起一盏明月
独守长夜
你去了
这山就空了

你去了
谁还能把三月倒进一具空杯
如此挂念
谁还能把遍山的野桃花
念成一句真言
你去了
这座城池，荒芜

你去了

我开始拿起长鞭
放牧三千亩地的鱼儿
你去了
我决心捕杀孤独的文字
下酒吃
你去了
我怎能把皈依的心事拾起
又一寸一寸地流放
你去了，你去了

王者归来兮

策马江湖
披挂起风雪
驰骋冬天
饮一壶西北风
饱餐冰寒

剑和刀
剑气如虹
刀断然削铁如泥
胜负自若
还我河山

纵然挥缰北原
饮马长江
即便是踏破山河
卷食残月
谁许下了城池百座
也曾经血染故园

旌旗展展
弓杯拔了弩上的箭

葡萄美酒煮熟了西楼
那相思几碗

红炬崩溃了泪眼
把酒言欢
有谁说
英雄气短
王者归来兮

寻梅者不遇

握住寒冬的把柄
在冰天雪野
寻梅
风霜一路
当星星点燃月亮
所有的光芒
携着冰冷，摇晃

寒风爬上了树梢
瞭望
步入这一夜的悠长
只为月下
一世花容共赏

烧一壶美酒
饮醉无妨
一片雪花
等你在天涯
长歌而立

只闻得袅袅清香

漫道苍凉

是谁的沧桑

碾断了寸寸柔肠

仗剑天涯

锋芒

从磨刀石走出的个性

游刃有余

岁月如麻

曾吹气断发

冰寒

把激情一网收敛

酝酿窖藏

消尽铅华

看这浮世笑话

指甲

盖住所有的温暖

握紧了神经

驾驭风马

谁仗剑天涯

今夜安好

今夜好静
真想卷起来，把它装进口袋
或化成一杯清茶，畅饮
喧嚣是白天最远的长途
甚至，那些短暂也很茫然

数着星星、月亮读诗
还不如翻透一页专著
无关粮食，无关风月
也无关张冠李戴
都讲着仆人的故事
我们的掌柜，就是放马的张三

夜，我的凉席
睡不着也要装睡
彼岸，听花开花落的声音
用针尖顿时能划破半点真相
那些空妄
今夜，如此安好

晨起的某个季节

轻风啊
我要梳理散乱的晨昏

那些露珠，是某个人的眼睛
看过，烟消云散，直到远去他乡

叶芽能抽空你十万个心思
我要把一爪南瓜籽挂上高竿

山桃花儿开了
红尘滚滚，飘絮在一念间忏悔

九儿的嫁衣就是葫芦河的风披
河道把眼泪从胭脂扣撕开

老羊皮，我的袈裟
我就念一句，冷暖自知

学会料理茶饭，烟酒和章法
空门执掌了一灶香火

今早，我要赊三碗烈酒
只等花事结束的晚上，长饮

你从窗口探出头来，看看
那些浑圆、结实的轮廓

狗狗，你若安好

今天我又回到了窑洞
一匹受伤的野兽
抱着肩胛和左趾
啜着带血的皮毛
舔伤

我习惯了卧着
耳朵紧贴着地面
能听到狩猎者踩着我的血迹
迈出自信的步伐
能听到枪膛煽动着杀气
从脊背渗透
能听到谈论皮毛的行市
已节节攀升
处处都是拨打算盘的声音

我能闻到空气弥漫着血腥
一颗追逃的子弹
正满世界搜寻无辜的亡魂
此刻，我倒觉得
自己的皮毛、骨肉还能换些碎银

哈哈，来吧
我冲出了窑洞

我等你的胡子老了

早安，三束鲜花
多了两处闲愁

我在南山扶犁耕耘，栽瓜，点豆
我布衣粗食，读些《诗经》

东湖的碧波揉碎了一船春光
种莲的女子对影梳妆

轻解罗裳，独对兰舟
有些古语注定没有详解和诠释

千年，依然古渡
能拨开烟雨空蒙，等他

看落花，长亭十里
转身，消瘦了一个世界

飞鸟与游鱼，最远的距离
等你，我等你的胡子老了

了凡，这个三月

三月，说不完的心事
林林总总
或追忆某些断代的章节
或凭吊昨日鲜红的故事
在干净的纸上思考
把一个文字喂养成羔羊

三月，步行是最好的姿势
走走停停
习惯把流畅的佝偻抚平
习惯把过境的季风送上一程
追问满盏干红曾了然于心
涂鸦难尽详细的描述

三月，依然难负盛情
且行且歌
能在马背上远行大吉
能在一叶扁舟上察看世界
执念一柄茶壶记事
喧嚣成了多余的流派

我独守一根银丝

一根银丝
能抽空半个世纪的独白

那些花鸟鱼虫，胭脂
如此坦然

杯盘和肉类，走空
颜色暗淡

最贴切的比喻，开始脱缰
从十万年的旷古，奔流

锻造一个成型的荒唐
把些无聊的心事，豢养

刀客继续吃斋念佛
超度，刃口未干的血渍

开盘是山城最美的风景
房客的腮帮子沾满桃花

烟火慢慢隐遁

我独守一根银丝

西山的坡地

是西天过往的云
最含蓄、最隐逸的表达
是采莲的女子一袭长发
轻轻荡起的涟漪
打湿了面颊的绯红
有多少词汇开始串联

是顺着一个根系钻进了黄土
屏住气，掏心窝子
是每一个早晨跟着太阳奔跑
看惯了羊群、露珠
山桃花儿是打更的老手

泉水就在眼眶之下。再往下淘
一颗泪珠打开了包裹
今天，收到快递

桥

双眼
望穿咫尺
最近的旅途
太阳和月亮
对眼

夏天在春天的彼岸
看柳条扶风
听子规掌夜
今晨的露珠
醒了

有了七夕
鹊桥的里程
用岁月熬煮
牛郎，织女

最苦的眼泪
我用努力
从樊篱中找到
九千九百九十九道弯

最短的距离

捷径

能静下心来，也好

夕阳如血，阵痛
一口一口舔干北城外孤独的眼泪

流浪的花魂从三月的早晨出发
你数，这根肠子寸寸打结

小草爬上城墙等待山雨
泅渡是一场远行的别离

苍鹰开始披挂长风
巡视每个部落鲜嫩的肉食

池塘的游鱼困乏时就饮一杯清茶
城市里最美的景致，不堪繁华

那些杯具、炊烟和人事
纷纷远走他乡

何处才能安放你的灵魂

豆芽，啤酒花，南方的水果
杯盘是定制的十里春风
那些快意不是放马的流徙
紧紧握住缰绳或扬起锋利的鞭子
出操，切割的方队
都开始失眠

当谈论优势或冠定一个词组
刚刚出锅的土豆最有发言权
吃喝是不老的话题
凉拌黄瓜，炒鱿鱼，不是家常菜
庖丁是杀牛的冠军，手艺堪绝
人的胃口能吞下天地

江河，山峰，剩余的水路
高度和历程患难与共
时势总能把握一季风
青花瓷老了，雕虫小技老了
山梁梁上的糜谷是酿酒的好料
卖茶翁不会恭维一位上将

巴蜀女人

蜀道
爬上了小背篓
指间缠绕的曲折
从巴山遥远的思绪
迂回

大碗茶溜出
最烫的惊讶
哪壶不开，提哪壶

岷江
把雪山的温暖
激荡
跌卧在都江堰温柔的手心
懒懒地偷睡
枕着火锅的酣梦

听，九寨竹叶的风歌
一样的香甜
村寨，碉楼
康巴汉子

山歌和红辣椒
装进老坛口，泡菜

那天，一声号子
从长发及细腰
闪断，丰羽的翅膀
难于上青天
这个巴蜀女人

马帮汉子

从马背上行走
携千山万水
森林听惯了长风耳语
虬枝摇不动远方
篝火燃烧起阿妈的笑脸
糯米酒淹没了阿爸喉头震颤的回音
马驮
把一座座山峰
潜入苍茫
扯住混响的系铃
徒途

高原的记忆
匍匐在石径崎岖的路上
又一程山水
跋涉……
仰望雪峰
天路
横卧在马蹄下，祈祷
洁白的哈达
抚摸茶马的脊梁

一扎一扎的普洱茶
苏醒

土堡的吊脚楼
掉进夕阳的余晖
马厩里的夜色
乘着褡裢里的盐巴
忙活
马帮汉子
把大碗的酥油茶
和着厚厚的风尘
醉饮

如果有一首诗还活着

我扶着我的影子
在夜路出发，没有月亮

天上的风，穿过我的脊梁
三月的桃花，累了

春草，冰雪的影子
从长计议

无风和有雨的日子
照样窃窃私语

我抱着骨头喝酒
听灵魂吟唱，睡觉

有个飙车的少年上了电杆
山城的夜很静、很静

早市上杀鱼的那个人
手上沾满了腥气和血水

说是有几部好书和电影
统统上了贼船

下午，吃些早餐
该忙的都忙去吧

一夜江湖

三尺龙泉剑，今夜出鞘
我呵斥江湖
退隐的白衣人
可曾南山种豆
好酒的青面侠
云游归来

有些流派走失
有些功夫坐化
小李飞刀，一日三餐
吃鬼的马王爷，酒驾被罚
孙二娘是广场舞的领班
打鱼的阮氏兄弟当了保安

耍大刀的马将
舞长枪的步兵
听说都去了南方打工
有几个贩毒的，被抓
有几个涉黑的，法办

穿袈裟的老衲，忘了禅杖

有轻功的道兄，早早跳出了法墙

绝学神技，涉嫌造假

一代宗师，约人打架

哈哈……

我要捧住这滴眼泪

落寞悄悄走来
风潜入了雨的深夜
旷野鼓起所有的胸怀
能装进男人和女人
晾干了四季的心事

隔着三秋
问秋水涟漪
这一夜中
该挂起的则高高挂起

谁撩起青丝三千飘扬
飞雪落进冬天的手掌
在外一季
西陲古城落魄的石街
曾经是
君在故里思卿卿
望穿秋水
望断了南飞雁

抱起这个世界的温柔

一场雪不会压伤另一场雪

风和风一路牵手

心贴着心的温暖

如果你要哭泣

我要捧住这滴眼泪

不让摔碎

到了这个季节……

如果说雪与雪的耳语

能惊醒前世宿缘

邂逅就成了必然

这一天

从此不再遥远

一朵花对另一朵花的微笑

是谁蹲守在光阴里

紧紧抓住花开一世的玄妙

吵吵闹闹

各说各好

红尘是江河中漂流的浮萍

不论掉进多少颗痴心

都会一梦初醒

或乍或惊

哭了，笑了，擦干泪

前行

在彼岸开花，在彼岸结果
一树吐绿，一地枯黄
谁种下的忧伤，收获了
就慢慢细品……

远行

卷起夜色，匆匆
远行
谁来牵马
长铗，斗笠，竹简
我的酒囊盛满心事
挂一匹风尘
归去来兮

黎明
我的雄鹰从心底走丢
蓝天搭着白云的肩膀，过往
笑我，笑红尘的颜色
风，正赶着一群闲话
沐浴

一束玫瑰，打盹
我的战马脱缰
八百里加急
天朝的眼睛
看穿一代君王和社稷
呼来八方威仪

五千里长鞭
打碎了一只苍蝇的翅膀
杀生

潮头向东
瘦死的黄叶纷纷上路
半瓦白霜沏一壶热茶
远行

月亮山有我的白马

放下月亮山高耸的群峰

牵着我的白马云游

踏着葫芦河故道

寻找牧羊城

寻找沉默的鞭梢

寻找饮马河的十八里泉声

胡笳散乱的节拍

从一个夜晚潜逃

炊烟是塞外孤独的山客

长饮一碗西北风

就卷起弯月如钩

守住群羊

守住耕田

守住好水川一段战马的白骨

下游的桃花能盛开一个三月

我的马蹄声轻轻

我当饮一碗血色

左手牵着一粒雪子
右手握紧一把寒潮
一瓣一瓣掰开寄居除夕的灯火
把一颗滚烫的油心塞进胸膛
远远思念故乡

山城的额头能遛快马
偶尔踩碎风尘
挂上你的名字飞驰
有些长情的记事
能渗透殷红的底色
一圈一圈划开
向着夕阳，踏步

羔羊是率性低调的顾客
只能默默打问草山归来的消息
行市是一把生锈的老刀
慢慢向着皮层，骨肉锯割
那里能盛满一碗血色

枕着白发入梦

摁灭灯火
开始逃脱夜色

露珠攀上枝叶
握紧拳头

草尖能挂住孤独
守住十里青山

我规划早餐
从大地的胸膛里掏些干粮

前日的集市
落满浮尘

无须粉饰苍颜
枕着白发入梦，可好

守着处方

守着处方
从左肩的脉络到夕阳落幕
不是扬起犁沟的一卧睡土
才能刨根问底
才能就此打通玄关

守着处方
把一味猩红的丹石从血管穿越
有几处是鹰爪的抓痕
如果我能扣紧十指
斧钺必定冷若冰霜

守着处方
把沽酒的钱换一把烫壶
五味子修成了仙翁
火候从一寸草木上滑落
摔得很碎

沉睡的黎明

楼群还是以群居的姿势，迷糊

每一条街道都和衣而卧

老城墙的飞沫去无踪影

春天的草木开始预约

第一缕阳光探测体温

从额头、腋下、脖颈无处不在

呼吸呢喃

今晨，我不想吐露真言

招魂

你的肉身，三千年不腐
以跪着的姿势观瞻
显然是逃离家园的乡党
背上的褡裢里
一锅煮熟的洋芋僵硬
牙齿惊恐
土地开始抽泣
粮食抱成一团，等贩子
耕犁慢慢喘息

听，力尽刀尖的悲歌
正划过皮包骨头的残梦
揭掉老房子的几截断木和门窗
烹煮夕阳下最后一顿晚餐
听说，你还没有闯进小城
就已失去了方向
今天，我就在归乡的十字路口
喊着你的乳名
尽力向空中扬起一把秕糜子
"回来，回来……"

这一天，我成了过客

我还能牵着秋风转山
捧一掬露水
饮干半路走空的寂寥
苞米秆子依然是撑天的柱子
能分清遍染新野的颜色
浓淡相宜
金黄的糜谷，高粱红了
土豆是山庄高贵的主人

读些零碎的闲书
翻开一些章节，写满五谷
耕牛和犁是一个词组
飞鸟和长天串成一对美好的意象
谁都不愿在末尾话满离愁
但那些失落的乡道
就在脚下
我还能抽回陌生的踌躇

行者

反骨
蘸着血浆
品尝

曾因缺钙
哭喊着住进病房
软骨，还是软骨

到了黎明或者晌午
饭前的时光
仍然痒痒

我血管中的流量
此刻，膨胀
嗜血的本性
没有理由，挣扎
滚烫的血液……

酒道

最后一桌西餐
从咖啡厅的走廊
招摇着霓虹灯
听歌儿

适才，鸡尾酒
蒙眬着双眼
扶起醉意
掂量着酒精度，晃荡
抹布抹了一地
窖藏的腼腆

浪笑统统跳进杯酒
一个个淹死
临刑的刀客
削了一把头发
去，去，去……

人走茶凉

火候，熬过春秋
再搁下心事
看故里的风云
好汉的马鞭打碎西天的尘埃
脱缰而去
护驾的莽将下了河东

青衣把水袖放开
追着西楼的春梦，远游
有些青丝打消凡念
开始老去

打坐空洞
花鸟，圣旨，烟火
江山如画
亭台上的几碗凉茶，人走了

尘埃落定

这些尘埃
从烟火中走失
飘浮，是宿命注定的姿势

从黎明开始
顺着太阳最前锋的光线，跌落
没有划痕，没有曲折
没有负载使命前行
没有逃脱自然赋予的轨道

有时候一个华丽地转身
能撕开坚守贞节的梦幻
或惊艳于真空最美的颜色
或留恋于绝妙中赤裸裸的呐喊

借故是开脱的理由
修饰词恰如其分罗列空白的加塞
笑也罢，哭也罢
都不愿提起

拓荒者老去

复述是语言困顿的章节
谁的句号都能吞下苦果
站榜的大哥
还没有打算撤回的消息

前台籽粒饱满
镰刀如钩
有一茬庄稼已招摇过市
某些影子挂上了高秆

去年的糜谷依然低头
断断续续失忆
五月的一场法事出尽了风头
香草和柳枝黯然失色

把一头雾水沥干
审视前山放养的山鸡和狡兔
漏鱼的破网开始铺撒
偶尔打捞出几根碎骨

今夜听雨

注定是一场宣泄
抽干山城孤独的灯火
从屋檐下能抬起头
每一寸天
只隔着一层尘世，说话
所有的眼泪落下
洗劫一群乱象
有多少片落花，失颜
有多少次周旋，转身

扁担是自由的小船
两只水桶晃荡、晃荡
此刻，青蛙或蚂蚁
能立于潮头。问讯
那个逃亡的山客
还能否忆起归途
明天是开学的日子
顺着水路
抓住那片落叶，回来

回家

喧闹的秋天
湖鱼居家
候鸟打问归路
班次不详
要扫码出行

遍地留言
能宽慰几日的美好
悄悄，破译出逃的密码
从前山到后山
集体逃亡

浮云安然
仰视神奇，遁术
煮一锅土豆，祭山
只要弯下身子，潜土而行
就亦然风雨无阻

草木间

如果我是一粒种子

冬天到了
我睡在雪山中
钻进冰层深处，冬眠

哪怕我听见了
你的马蹄声溅起的飞尘
追逐着雪痕，觅我
哪怕我能听见
你的血液澎湃的声音
撕破了黑夜的寂静

冬天到了
我最怕太阳的温暖
饱含冰冷，晒我

即便我能看见
天花乱坠的繁星，下雨
银河泛滥

即便我能看见
亦裸裸的四季

牵着岁月一路奔跑
听见了，看见了
也罢

我是一粒种子
宁愿掉进春天的泥土里
挣脱所有的束缚
长出满满的夙愿，出世

清明节，写给海子

海子死了
我数着海子的骨头
听他的灵魂吟唱
春天之外
太阳的哭泣
抓紧断奶的婴儿
母亲的胸脯，干瘪了
长大后，劈柴，喂马

海子死了
我的晚餐，就是他的诗篇
煮熟，生嚼
多少种吃法
硬是在牙齿上
挂住了所有的食欲
也能嗅到光亮的颜色
变质的味道
一遍一遍刷新
空气和香水

海子死了

在山巅上俯视
鱼儿，和鸟的翅膀
如同两道菜
有酒的时候，对饮
半酣中，照样听到
海子脊梁上的鸣笛
匍匐着铁轨
前进，前进……

在天之灵

每一个毛孔
都能从肺腑钻出
每一口呼吸
都能抖动大地
今夜
我如坐针毡

那些东方的宣化之气
迟迟未到
有些激浊扬清的仙方
也屡屡不灵
今天
我只能呕出一口三昧真火

请不要在丧场唱赞歌
他的魂魄就在遗像的正前方
或端坐或正用指头指着骂你
下面，请三鞠躬
礼毕！

海子的远方

清晨，我要唤醒每一只鸟儿
把它们的翅膀串起
开始巡视天空的每一缕清风
净土是昨日夕阳跌落的云彩

好吧，也许是那天的中午或下午
我要算计马背上清一色的颜色
向着海边，快乐地出行
朝觐荒岛，才能安放心头的初恋
骨肉正如新鲜的羊腿
还没有从身体的无辜之处分离
杯盘刷新桃园的一个传说
那些情节被断章取义

京城有最高的楼层
能看着山海关昏昏欲睡
鲜花开始铺垫午后的祭坛
孤独的灵魂咀嚼每一寸铁轨
下酒

一路走好

——哀悼诗人汪国真

呱呱坠地
掀开生命初始的光曦
露珠挂在绿叶上
和阳光对眼

走向远方
在生命蠕动的蚕蛹中
春天卷起希冀
前进，前进
就有了风雨兼程
田园和霓虹灯

在失眠的夜晚
城市的眼睛
望穿弱水三千
生命在匍匐中
挺起脊梁

飞尘在大风中哭泣
于是

既然选择了远方

便只顾风雨兼程

嫣然，回眸一笑

孕育
积攒足够的能量
蓬勃而出，诞生
总是缠着希望，高攀
生命才有了眼睛
盯着这个世界
匆匆地来

生命的时钟
指针摆渡
一路风景
秀色或者饱餐
跳进酒樽中，淹死
也有花前月下的
风流鬼

生命吹皱了波澜
后浪推着前浪
在迷茫中前进
生命的探索历程
从一弧曲线中甩出

所有答案的答案

当生命褪去生命的本色
那双眼睛
嫣然，回眸一笑

大哥，莫走
——悼念农民作家王雪怡

我掩面长思
大哥，你咋说走就走
不是说好了吗
今年桃花盛开时
咱弟兄不醉不归

大哥，你依然阳光灿烂
我是风里的一支飘蓬
走着走着不见了
葫芦河能拴住十万个念想
悲情的土豆哭了

大哥，你食言了
你已扛过了六十个寒冬
今春刚刚来到
咋就变心了
那么残忍，那么决绝

大哥，我的大哥
兄弟只是把一百个借口放在嘴上

你生气了吗
近在咫尺，近在咫尺
大哥，我的大哥
大哥……

亮剑

你听
从惊雷的霹雳声中
那一层层乌云悄然消尽
阳光下
畏缩的小草
慢慢伸展腰身
挺起了坚实的臂膀
我能听到每一寸骨节撑天的声音

你看
警徽下那一双双利剑
已夺鞘而出
正义的力量化成了万箭齐发
横行一方的恶势力
被绞成粉末，灰飞烟灭
仓皇的蝼蚁呀，你可知
这是民心筑起的万里长堤

你是顽疾，你是毒瘤
即便深入肌体，渗透灵魂
来吧，来吧

我的利刃能刮骨疗毒
我的信念可降妖伏魔
法网恢恢，疏而不漏
正义永远不会缺席
正义永远不会缺席

这一天，来了

这一天，来了
这一天，终于来了
我扶着城墙，努力站起来
擦亮最后一枚子弹
我引吭高歌，为我壮行
那些倒下的尸身
都是昔日的战友

这一天，我用我的头发
抽干残存的血液
补足最后的能量
用五指挖破僵硬的地皮
仔细寻找一棵草芽儿
那是我曾经放生的小虫

这一天，我没有回头
身后的枪口和得意的笑声
都是我久违送行的盛宴
此刻，我要扬起我战袍上的每一粒尘土
我要站着倒下
我要看清每一个敌人的嘴脸

笑到最后的精彩

这一天，我走了
只带着我的酒壶和诗稿上路
我知道，我的文字和我一样
不会侍奉虚伪的语言
不会摆弄违心的赞歌
我要抱着我的文字
用最体面的姿势，死去

揭掉狗皮膏药

半夜，我还是努力地坚信
我要揭掉这块狗皮膏药
占据我的肩头
盖住真相，麻痹

对于疼痛
一切显然是多余的
问候、安慰和关怀
其实，诅咒也无济于事

从今天起
我还是赤膊上阵
把钻心的骨刺一根一根拔出
绷紧我的弓弦，发射

传承

看着
看着吃螃蟹的食客
横着、竖着躺下
手里所有的夹子
都没有松口

开始谈论野味
从猴头、果子狸到蝙蝠
从独门绝学到千年修炼
每一根骨头或脂肪
能超然物外

食谱没有沾满血腥
第一道工序从杀生开始
烹调，火候精要和心得
再往下传，往下传
就是圣经

宅家无题

放下斗室

我自甘落魄

能听惯八方风雨

来去自由

篱笆墙画地为牢

一群草芽儿坚守河堤

昨夜的风抚平了突兀的田园

缰马的蹄声

向北驰去

我问你，归去来兮

杂谈

这个早上
没人关心早市最新鲜的果蔬
也没人吆喝刚刚下网的肥鱼
何去何从
能听见鸟鸣挂满枝头
能听见散乱的犬吠冲到街心

车流归于沉寂
红绿灯划开河界清晰的脉络
每一里航程都挪开路碑前行
某些死尸也见不得人
从火葬场走起
这些都是最新的消息

天上的祥云，优哉游哉
黄道吉日匆匆而来
卜卦的云游僧
少不了几句偈语
归途光明

道可道，非常道

白云下
一群羔羊向青草游来
对面的山
只隔着一柄刀刃

抽开锈锁
打开食道所有的关节
吞吐过路的新风
咽下欲火

梯子踩着软肋，高攀
无一处细节
能躲开错峰的出行
谋划明天

起身只为打一个牙祭

玫瑰和一夜货色厮守
若醉酒不醒或一样出逃
谁还能伴着惊雷
慷慨而歌

舍得和布施并排而行
也正如你我
从一碗面的苟且开始
讲修行，讲仁义道德

崇尚自然
就把亚热带的棕榈
请进塞北，安生
我的眼前习惯了纷纷落英

隐逸是长跪不起的秋风
满面泥泞
脚下最多的失意便是滑行
回过头，便一个起身

觅些知音

这得有足够的理由
从树上掉下来
把眼睛朝上
鸟语已经攀上枝头
频频打探清秋远去的乡音
土豆开始交易
绕着乡道，绕着炊烟
绕着一场拍卖会
举起锤子，砸下

能站立成一道丰碑

在这块厚实的黄土地上
你是一缕风
一缕从山外潜回的清风
今天，每一个人都成了战士
执甲横戈，巡回秋野
我要寻找一朵白花
跪着扶起低垂的茎叶
此刻，我能听到，听到了
胸膛里滚滚的波涛汹涌
敲开空谷
是一声嘹哨扯开前夜的独白

今天，在蓝天白云下
有一种颜色最耀眼
有一面旗帜最鲜艳

今天，我的胸膛和这片大地一样烫热
你听，黄河奔流，长江浩荡

行踪无痕

我在风中开始寻找断码的行货

向着南山停顿

每一次注脚

都是惶恐的敷衍

面包砖在山下的广场匍匐

滨河路总算抹上了一层油面

要慷慨解囊

请从一根绳子开始

然后顺着豪放或搁下婉约

也说不清楚

就像拥有一束鲜花的主人

打算把玫瑰花送人

在人群中开始猎物

是清一色的过客

点了西餐、奶茶

上座的方言是松动的牙齿

咀嚼些零碎的古经

每一行皱纹能挂起

一对耕牛和一只牧羊的土犬

城里的炊烟是流动的灯火

我不稀罕烧土豆
不稀罕肝肠寸断烘焙的小吃
只想高高举起一碗烧酒
从头至脚灌下豪爽
吼一板"困营"
我的王何日返朝

清荷有一把遗骨

河塘里
能捞起一片萎靡不前的流云
有些是鱼儿避嫌的口实
有些落下了无边的揣测
晌午，掏尽太阳糊口的零钱
赊一杯地道的山果榨汁
再摇摇头赶路

有一半是江湖和云天
有一半是去意彷徨
我只提起一壶清风细雨
奔走疲倦的远方
苍颜依旧擦白了永夜
端平一碗水，看天
脊梁挺直还是脊梁，没有露骨

不指望零点的乐队
敲碎孤独的边缘
习惯了山野追风的季节
清晨开始安放手镯
脱下尘封的外衣

洗去胎记和前世的留存

把一块遗骨放下

何处浮尘不染我

十环内的风景，看看
此生无憾
愚公背山的影子
和他的子孙一样
淹没在群楼苍莽之中
那条出山的小路
已锈迹斑斑
吞吐每一口气
就能咽下多少走失的脚步

我听得出赶潮的海船开始拔锚
两天晒网的归期没有忧伤
小雕虫和鱼丸子攥紧缆绳
慢慢放浪
谈论起岛外的俗事
莫过于一日三餐
如果能割下老蚌腹内的珍珠
我宁愿化作一粒尘埃
去追杀刀柄微弱的余热

故地重游

故地
是个巴掌大的小岛
周围的水路荒芜
鱼儿远渡
散落的香火晒成了白骨
对面的梯田流失

曾经的故地
每一处视觉都安然
每一轮环顾皆大欢喜
垂钓或网约
可把玩成包浆的成色
闲时放风

今天的故地
望着晚风孤单的背影
咀嚼斑秃的牙床
少许是一撮盐巴的剂量
能安放下缆绳的结局

厮守着云天和大地

这一处高地
山河混沌
看太阳奔忙的样子
如果糜子熟了就解甲归田

梳理流云
午后的记忆犹新
长途蹒跚
有几处驿站停顿

我高高举起红旗
等待出发的号令
就在山那边
留守

秋风过耳

晚秋的风，结成伙伴
向着山野流浪
有时打问收成
有时也匍匐前进
散乱的发丝，蓬头垢面

坚守清野
举起一把火
驱赶散漫的轻霜
月夜依然会宣布重要的情节
口味是肥羊的膻气

这一天
菊蕊绽放
那些衰老的黄叶
久卧不起
是谁扶着走过了田埂

从一季温暖走出

温度，慢慢地冷却
从沸点的塔吊坠落

有一行白露
口齿清晰
安静成今夜淡淡的守候
装进僵硬的表情
木栈道独白
星月零乱

独步风尘
一个人或歌或吟
我不会孤寂
天晴时，边走边看
一缕挂起的白云

怀念古风

读过《诗经》
在秦风往来的路上
在河之洲
有伐柴打鱼的农夫
靠天吃饭

那是蒹葭飞白的季节
举木捶衣的女子
开始打捞容颜
山歌苍凉，归去来兮

习惯于扶着木辕犁
划破每一寸热土
撒上种子。等待
就有了稼穑的传说

月亮山有寄

月亮山少有的荒凉
不在山高水长

就看营盘和古堡沧桑
就看牧羊城挂满了夕阳

眺望
如果山峰长满翅膀
就任它飞翔

塞马卷起飞霜
草尖上
只剩一道流光

飞鸟、狡兔和野狼
听说本事见长
就是不吃皇粮
这又有何妨

山城即景

习惯于捡拾柴火
常常弯下腰，索取
街道上阳光清冷
人影斑驳

红绿灯交错
就像摇骰子，每人一局
数着倒计时，揪心
学会慢慢走路

闹市区的景点
不亦乐乎
插满红旗和绿植
谁能察言观色

清一色的外卖
点燃山城的烟火
只有忙碌的熟食
满足口味

当放开一个日子

能早起早睡
读书写字，砍柴喂马

褡裢和扁担
同样不离不弃

熬茶，饮酒
能醒人亦能醉人

也谈论起糜子、谷子
庄稼是最长的话题

老村牵着乡道
怀念社戏和一场法事

厅堂和厨房
早都泡进了舞场

人生如鱼

常常穿行人群
或在闹市中张望
就像一条鱼儿
穿行水草
觅食，摆尾

没有目标
总想游来游去
有时擦网而过
有时能嗅到钓钩上的美味
我想，如果能安静下来
就潜入水底
枕着鹅卵石睁眼沉睡

不要嫌弃自己仅有的一把骨头
不要羡慕他人华丽的一身羽毛

无题小序

夜啊

你能再长一点儿、深一点儿吗

我要在这个春天长卧不起

我要撕一缕春风

慢慢擦拭我的肺管

然后灌满阳光

我开始呼喊一个名字

我想长梦不醒

羽毛和观景台

在风中，举起一片羽毛
前行，不必担心肌肉萎缩

观景台造就了一道风景
木栈道绕着山头
也正如等船的码头
桥头堡簇拥的鲜花，开始凋零
高耸入云的楼群
拔起青苗
烈日下，挥汗如雨的民工
热火朝天

回过头
羽毛变成了一群人的外衣，华丽
观景台上
一群鸟人正操着鸟语

陌上春秋草木深

周彦虎

胥劲军，笔名墨玉。其实认识墨玉较早，相知劲军较迟。早就拜读过墨玉的许多作品，常被那些简约、苍劲而又带有浓郁乡土文化气息的诗作所感动，为西吉诗坛有这样一位诗歌侠客而自豪。

后来，在发起组织西吉"北斗星文学诗词联社"活动中渐渐与胥劲军相知。他现任宁夏民协联谜专业委员会主任、西吉县民协副主席兼秘书长、西吉县诗联和春官词学会会长、民刊《北斗星文学》《西吉诗联》主编。他集组织、编辑、创作于一身，以高度的文化自信与自觉，活跃在西吉非遗和文化艺术诸多活动中，成为西吉民间文学艺术和文学创作的组织者、编辑者及具有深厚文化底蕴的创作者。

劲军的文化成就卓著，尤其体现在编辑民刊、传承具有西吉特色的非遗仪程和楹联等方面。他的诗歌也在西吉众多诗歌创作者中独树一帜。

从题材看，劲军的诗歌依然以熟悉的大西北生活与风景为主，发掘以他自己的视野为核心的意象意境，抒写黄土高原上的生命意义和沧桑。

细品其诗，意象峭拔，意境沧桑，诗句简约，情感饱满，直抵诗歌之精髓！

劲军为自己的诗歌集取名《春秋草木》，分为部分："耕犁行""稼穑苑""桃红记""草木间"。纵观全部作品，情源起于黄土高原之沟壑，笔纵横于黄土高原之风流，唯美唯一，惟妙惟肖！

罗丹说："生活中不是没有美，而是缺少发现美的眼睛。"可以说，劲军有一双发现美的眼睛，他以家乡的所见所闻为写作背景，以自己独特的感悟为诗性。在他的笔下，一山一水、一草一木是那样的铿锵有力、生机盎然。在他的诗中，总能感知生命的魅力与高度。美好的东西来源于生活，而他的诗歌给予生活另一种华光，那种张扬恰恰是我们最享受的。

从劲军的好多诗作中，不难发现他已经自觉地形成了自己独特的主题方向。也就是说，一个真正的写作者，一定是永远埋首于自己内心的山谷，不断发掘、汲取大地的泉水，谦卑真诚地写作，让语言传播当代诗歌之美。尤其是面对风起云涌的新媒体时代，当下诗歌写作要积极适应并融合新媒体的发展，实现破圈高质量传播。同时，还要守得住初心，耐得住寂寞，劲军就在自己朴素的文学圈子里，用自己的作品和作为主动承担着这个使命。

诗歌，是诗人情怀的展现。作品《吉祥之地》中具有跳跃性的句子，使我们能够体会到诗人对生活的热爱。诗歌离不开抒情，劲军的诗歌都是从心灵深处流淌出来的真实情感，从诗歌写作中能感受到他对生活的激情，那种霸气跃然纸上。他热爱家乡和亲人，始终把自己写作的落脚点放在这片热土上，写故乡的事物和风土人情，写生活的温情和感动。他的诗歌里也充盈着人性的和谐、心灵的善意与生活的美好。在他的诗歌中，能读到气势磅礴，也能读到温婉细腻，我常被他的诗深深地感染和打动。

通过《堡子梁的春天》，我们可以看出劲军的文字底蕴，他让每一个字和词，每一句诗焕发新的生命。写什么，取决于劲军对生活、对世界的参与、认识和感知程度，意识和思想会带领我们找到写作的宝藏。因此，诗歌于劲军来说，是一种内心的指引，时刻指引他回到安静的书桌前，成为孜孜不倦的阅读者和写作者，像个匠人一样，倾心打磨一件件匠心之作。来自对世界的忧患、悲观以及挥之不去的乡愁，是劲军一生积极在寻找某种东西。

劲军是一位对生活、对工作充满激情的人，他的诗能给我们希望。从他的诗歌中，能感受到丰富的人生阅历，这样的诗歌创作才会更加有生命力。情怀与热情是诗人创作的源泉，有热情才会创造出美好的诗篇。他的诗不但让我们参悟人性，而且让我们明白人生的追求。他对生命、对岁月有自己独特的见解，通过诗句讲述出来，这种讲述跌宕起伏，紧扣读者的心弦。

我们知道，有深度的诗总能让人感受到内在的力量，读过之后回味无穷，诗歌的深度与广度是吸引读者的重点。劲军说他有四点可供人们领悟、参考，那就是"真心爱诗，潜心学诗，静心写诗，诚心弘诗"。要做一个纯粹的诗人，必须打破名缰利锁的束缚。一心成名者未必能成名；静心写诗者未必不成名。我读劲军的作品，心情总是不能平静，诗人对自然景物和生命景象的敏感，渗透着诗人的自我审美意识，是与诗人的情感状态、人生阅历、感知感悟紧密相连的。诗中的每一个意象、每一种体验，都是作者心灵色彩和声音的外化。

西吉县是中国第一个"文学之乡"，也应是中国当代诗歌之乡之一。劲军的诗歌，不从众，不流俗，不浮躁，不学院，拈草木而吟，能听到黄土深处的虫鸣，踏山尖而歌，能感知沟壑之中的星月。劲军的诗句，我喜欢！

墨玉，爱墨如玉，是一种志趣，惜墨如玉，是一种态度，更是一种对文字的敬畏，有了敬畏之心，笔墨更能高拔！

愿墨玉的作品，走向更高远！

后 记

胥劲军

　　正如一场春雨，在这片黄土塬上降下了吉祥。祖祖辈辈捧着四季，紧跟着岁月，不就是为了等一场春雨，一场如泣如歌的春雨……

　　诗集《草木春秋》出版，此时此刻，我的心情真是五味杂陈。坚守是一种最朴实的无奈，期盼是天天如常的生活，啃食土豆，亦菜亦粮，可饱食终日也可自我慰藉，如果能少了些俗念，养生，这便是最好的理由。本集收录了我近十年创作的作品一百二十四首，分为四部分："耕犁行""稼穑苑""桃红记""草木间"，有黄土地上的自由行吟，有挣脱世俗束缚的叛逆，有对生命、生活的深入思考，也有对人性鞭打拷问的执着。

感念生活，感恩这块土地。热爱文字缘于困顿于无尽的寂寞或坠落于黑暗时，它悄无声息地点燃了一盏明灯，给予温暖和自信，给予前行的力量。就恋这把土，我没有走出这块土地，尽管它不富有，但它拼尽毕生精力孕育出的土豆却养活了我们，养活了我们的先辈和后人。我常常站在这里思考，思考田园，思考田园里一切熟悉的事物，也思考过往的人生。吆牛，扶犁，在山梁上吼一嗓子秦腔，这便是这块土地上最普遍的物象，抑或最生动的图景，这就是得天独厚的自然禀赋吧。当浑厚的黄土地撑起高高的蓝天，你就在这天地之间自由行吟，很坦然，也很充实。土豆、种子、社戏、春播、秋收……用心栽种每一个文字，守到开花结果时，一茬庄稼收获季。

感谢县委、县政府的大力支持，继《就恋这把土》十一位农民作家作品合辑出版发行后，又迎来了诗集《中国首个文学之乡农人文苑诗集》（五册）的出版。作为一名生活在文学之乡这块热土上的普通写作者，我是受益者，更是一名幸运儿。

感谢为《中国首个文学之乡农人文苑诗集》（五册）的出版辛苦奔波、无私付出的每一位领导和编辑老师！

在此，非常感谢郭文斌主席为本书作序，感谢周彦虎老师的评论，感谢一路走来关注、鼓励和一如既往支持我的每一位老师和朋友们！